LETTRE
A M. DE VOLTAIRE
SUR
LA NOUVELLE TRAGEDIE
D'ŒDIPE.

par Mr Racine le cadet

A PARIS,
Chez CHARLES GUILLAUME, ſur le Quai des Auguſtins.

M. DCC. XIX.
Avec Approbation & Permiſſion.

LETTRE

A M. DE VOLTAIRE

SUR

LA NOUVELLE TRAGEDIE D'ŒDIPE.

M***

J'ATTENDOIS avec impatience votre nouvelle Tragedie, vous me la faisiez esperer depuis long-temps ; je l'ai enfin reçûe avec vos sçavantes Lettres. Nos beaux Esprits n'étoient pas moins impatiens que moi, de voir cette Piece. Ils sçavent quel bruit elle a fait à Paris, où, comme vous le dites fort bien, *tout est mode*. Aussi les ai-je vû accourir chez moi *à longs flots*, pour en entendre la lecture. Les Provinciaux sont de tout temps curieux imitateurs, ou plûtôt Singes de la Cour & de Paris, en tout ce qui s'appelle Mode. Ainsi je me préparois à recueillir leurs applaudissemens pour vous en faire part sur le champ. Mais j'ai été bien surpris d'entendre des Critiques, & des Critiques même assez sensez, contre un Ouvrage *tant à la mode.*

Je pense comme vous, Monsieur ; *rien n'est si dangereux que de se faire connoître par les talens de l'esprit.* Je ne puis, je l'avoue, m'empêcher de craindre pour *le peu de celebrité que cette Piece vous a donnée* ; & je trouve que vous avez raison *de ne vous point prévaloir d'un succès peut-être passager.* Peut-être, en effet, le Public, *sans avoir attendu quelques mois*, est il déja *étonné* de s'ennuyer à la premiere lecture *de ce même Ouvrage qui lui a arraché des larmes dans la representation.* En tout cas, vous n'êtes point le premier malheureux, & il y a apparence que vous ne serez pas le dernier. Cette disgrace est assez ordinaire aux Poëtes ; c'est pourquoi Despreaux leur donne cette avis :

Despreaux, Art Poëtique.

Ne vous enyvrez point des éloges flatteurs,
Qu'un amas quelquefois de vains admirateurs
Vous donne en ces réduits, prompts à crier merveille,

Tel écrit recité se soutint à l'oreille,
Qui dans l'impression, au grand jour se montrant,
Ne soutient pas des yeux le regard penetrant.
On sçait de cent Auteurs l'avanture tragique.

Cependant il seroit assez bizarre, qu'au sujet de votre Oedipe, Paris suivît à son tour la mode de la Province : mais après tout, nos Provinciaux ne laissent pas d'avoir du bon sens. Ils prétendent que *les Dissertations de vos trois Lettres*, que vous voulez faire passer, *comme les doutes d'un jeune homme qui cherche à s'éclairer*, ne peuvent être regardées que *comme les décisions d'un Critique très orgueilleux*. Qu'en avouant que *la décision ne convient ni à votre âge, ni à votre peu de genie*; vous prononcez en Maître, & en Maître qui se croit assez éclairé, pour oser traiter d'extravagant un Poëte qui, selon vous, *a surpris l'admiration*, non pas *d'un siecle*, comme vous le dites, mais de plus de vingt siecles. Que vous parlez de votre Piece, *plus pour en excuser les défauts, que pour les avouer*. Que *vous vous faites beaucoup plus de grace qu'à Sophocle & à Corneille*. Et qu'enfin l'amour propre qui vous empêche d'appercevoir *tous vos défauts*, vous porte à parler de ces deux grands Hommes, avec très peu de retenue, malgré *le respect que vous dites avoir pour l'antiquité de l'un, & pour le merite de l'autre.*

Tel est à peu près le jugement qu'ils ont porté sur vos Lettres. Et comme l'un d'eux se promet d'y répondre, je ne vous en dirai pas d'avantage : mais en attendant, je crois que vous ne serez pas fâché de voir quelques-unes de leurs Critiques sur votre Tragedie. Comme il est impossible qu'il n'en soit échappé beaucoup à ma memoire; à mesure que je m'en souviendrai, j'aurai soin de vous en faire part. Ce sera autant d'occasions agréables pour moi, d'entretenir avec vous un commerce de Lettres.

Ils n'ont presque rien dit de votre Epître Dedicatoire, aussi n'est-ce qu'une bagatelle, qu'ils ont cru inutile de relever. D'ailleurs ils ont appris que vos amis étoient les premiers à la condamner, & à vous dire que votre talent n'est pas celui de louer. Mais ils se sont fort récriez sur ce que *le premier défaut que vous trouvez dans votre Piece, est celui du sujet*, parceque, selon vous, *la Piece ne devroit naturellement fournir qu'un Acte.* Votre ami, m'ont-ils dit, regarde donc comme un défaut la simplicité d'un sujet ? C'est au contraire ce qui en fait la plus grande beauté. Si par mépris, ou par ignorance des Anciens, il ne veut point admettre ce precepte d'Horace : *que ce que vous ferez, soit toujours simple, & ne soit qu'un*; du moins n'auroit-il pas dû rejetter le sentiment de Racine. Il paroît qu'il l'estime assez, & qu'il le sçait même par cœur. A-t-il donc oublié que ce grand Poëte qui ne se connoissoit pas mal en Poëme dragmatique, a dit » qu'il ne faut point » croire que la regle qui a établi la simpli» cité du sujet si merveilleuse chez les An» ciens, ne soit fondée que sur la phantai» sie de ceux qui l'ont faite. Il n'y a que le » vrai-semblable qui touche dans la Trage» die. Eh! quelle vrai-semblance y a-t-il, » qu'il arrive en un jour une multitude de » choses, qui pourroient à peine arriver en » plusieurs semaines? Il y en a qui pensent » que cette simplicité, est une marque de » peu d'invention; ils ne songent pas qu'au » contraire toute l'invention consiste à faire » quelque chose de rien; & que tout ce » grand nombre d'incidens a toujours été » le refuge des Poëtes qui ne sentoient » dans leur genie, ni assez d'abondance, ni » assez de force, pour attacher pendant cinq » Actes leurs Spectateurs, par une action » simple, soutenue de la violence des pas» sions, de la beauté des sentimens & de » l'élegance de l'expression.

Racine, Preface de Titus & Berenice.

On pourroit encore, m'ont-ils dit, citer Despreaux à votre ami, quoiqu'il ne le croye pas au dessus de sa Critique.

Despreaux, Art Poëtique.

N'offrez point d'incidens un sujet trop chargé,
Le seul courroux d'Achille avec art ménagé,
Peut fournir aisément une Iliade entiere.
Souvent trop d'abondance appauvrit la matiere,

Effectivement le nouvel Oedipe est bien appauvri par le personnage de Philoctéte, & par l'amour de Jocaste ; au lieu que l'ancien Oedipe, tout ancien qu'il est, sera toujours riche par sa merveilleuse simplicité, & par la grandeur du sujet, traité avec tant d'art, que loin que la Piece paroisse finie au premier Acte, comme votre ami voudroit le persuader, le Lecteur court avidement au second, au troisiéme, & aux deux suivants, toujours dans l'admiration de voir avec quelle industrie l'Auteur fait croître le trouble de Scene en Scene jusqu'à la fin ; à la verité,

Despreaux, Art Poëtique.

Un si pénible Ouvrage,
Jamais d'un écolier ne fut l'apprentissage

Racine, que nous avons déja cité, disoit souvent, qu'il regardoit Oedipe & Phedre, comme les deux plus magnifiques sujets du Théatre ; qu'il n'avoit jamais osé travailler sur le premier après Sophocle, parceque ni lui ni d'autres ne le pouvoient faire qu'en traduisant la Piece depuis le premier vers jusqu'au dernier ; mais qu'il se sentoit assez de courage pour lutter contre Euripide.

C'est ainsi que parloit ce grand Poëte, après le prodigieux succès de ses Tragédies, tandis que votre ami, non content d'avoir eu la confiance de choisir le sujet d'Oedipe pour son coup d'essai, a encore la témérité d'attribuer des extravagances à Sophocle, lui qui ne l'a jamais lû en Grec, & qui ne l'entend pas même dans le François de M. Dacier.

La Critique de ces Messieurs est tombée ensuite sur les principaux Personnages de votre Piece. Je ne puis vous dire à quel point votre Philoctete leur paroît ridicule : ils trouvent ses fanfaronnades avec Oedipe, aussi outrées que les * Boutades du Capitan Matamore avec Boniface. Au bout du comp-

* En tout tems en tous lieux la mort est avec moi,
Et j'ai pour compagnons le carnage & l'effroi ;
Le Ciel parlant de moi s'explique en des oracles,
La terre & tout son peuple admire mes miracles :
Sachez que j'ai toujours cette même valeur,
Qui fit craindre les Dieux, qui dompta le malheur.
Je sappe les projets des orgueilleux Monarques ;
Je suis le nourricier, le giboyeur des Parques ;
Je suis un autre Alcide, & le visible Atlas,
Qui peut tout soutenir par l'effort de son bras ;
Mais toujours mon amour fait qu'au dedans je brûle,
Sans doute j'ai mangé la chemise d'Hercule !

te, ils n'ont pas tant de tort. Je ne ſçai ſur quel modéle vous vous êtes étudié à former ce Heros; vous dites que c'eſt ſur le Nicomede de Corneille; pour moi je croirois que c'eſt ſur le Pyrgopolinice de Plaute, ſi je pouvois vous ſoupçonner d'avoir lû un Auteur ancien: vous convenez vous-même que le perſonnage eſt défectueux; pourquoi donc aux dépens d'un anachroniſme inexcuſable, l'avez vous introduit ſur la Scene? Eſt-ce pour temperer le grand tragique de cette Piece par un comique ridicule? car du reſte il y eſt totalement inutile, ſoit pour l'expoſition, ſoit pour le nœud de la piece; & tout ce qu'il dit eſt outré & contre le bon ſens; c'eſt le jugement qu'en portent nos Meſſieurs. On ne ſçait jamais, ajoutent-ils, ce qu'il vient faire ſur le Théatre, pourquoi il y entre, ni pourquoi il ſort; mais ſur-tout quand il prend ſi bruſquement congé de la Compagnie, on a tant d'indifférence pour lui, que perſonne ne s'apperçoit de ſon départ, pas même la tant aimée, la tant amoureuſe Jocaſte; auſſi doit-elle être picquée de ce qu'il s'en va ſans lui rien dire. En verité, ce n'étoit pas la peine de venir de ſi loin, pour s'en retourner ſi vîte, & partir ſi incivilement. Quelques-uns de nos rieurs (car vous ſçavez que les Provinces n'en ont pas pour un) s'aviſerent de dire à l'occaſion de ſon départ ce vers de la Fontaine,

Hercule naquit à Thebes ſous le regne de Creon, ſucceſſeur d'Oedipe. Philoctete étoit fort jeune quand Hercule mourut. *Voyez* Apollodore, liv. 2.

Jean s'en alla comme il étoit venu.

Mais ce ſont de mauvais plaiſans.

Ils vous accuſent d'avoir, à l'exemple de Medée, employé l'art magique pour rajeunir la bonne Jocaſte, & la mettre en état

De reſſentir encore cette brûlante flamme,
Que le ſeul Philoctete a fait naître en ſon ame.

Apparemment, ont-ils dit, que l'Auteur a cru devoir donner à cette Princeſſe un temperament ſi échauffé, pour concilier autant qu'il étoit poſſible, les deux ans auſquels il reſtraint la durée de ſon mariage avec Oedipe, & les quatre enfans qu'elle a eu de ce Prince. Quant à ſon amour pour Philoctete, ils ne le croyent pas tout-à-fait juſtifié par celui de Pauline pour Severe : Ils ſe ſouviennent du mot remarquable d'un grand Prince, que quelque vertueuſe que ſoit Pauline, peu de maris s'accommoderoient d'une pareille vertu. D'ailleurs ils remarquent que Pauline, après avoir perſiſté pendant une Scene aſſez longue, à ne vouloir point revoir Severe, quelque choſe que lui diſe ſon pere pour l'y obliger, n'y conſent à la fin, qu'après que ſon pere lui a dit;

Il le faut voir, ma fille,
Ou tu trahis ton pere & toute ta famille;

A quoi elle répond :

> C'eſt à moi d'obéir, puiſque vous commandez ;
> Mais voyez les périls où vous me hazardez.

La Jocaſte de votre ami n'y fait pas tant de façons, elle ſe contente de dire, faiſant mine de s'en aller, mais reſtant en effet,

> C'eſt lui-même, je tremble, évitons ſa préſence.

On n'a pas été plus édifié du peu d'affection que vous lui donnez pour ſon peuple. A peine a-t-elle appris que les Thebains ſoupçonnent Philoctete du meurtre de Laïus, qu'elle ſe répand en injures, & s'écrie, ſans craindre le qu'en dira-t-on :

> On dira que je lui ſacrifie,
> Ma gloire, mon époux, mes Dieux & ma Patrie,
> Que mon cœur brûle encore....

Elle ne ſe contente pas de parler avec ſi peu de décence à une ſuivante, elle dit ſans ſcrupule à Philoctete même :

> Oubliez ces Thebains que les Dieux abandonnent,
> Trop dignes de périr depuis qu'ils vous ſoupçonnent.

Quel caractere ! & qu'il eſt différent de celui de Pauline ! auſſi Jocaſte inſpire-t-elle peu de compaſſion ; elle a beau ſe tuer en pleine aſſemblée, on voit ſa mort avec autant d'indifférence, qu'on a vu partir son cher Philoctete.

Ces Messieurs ont observé que dans une de vos lettres, pour excuser l'amour que vous avez si ingénieusement donné à Jocaste, vous dites qu'elle auroit ennuyé, *si elle n'eût eu au moins le souvenir d'un amour légitime. Sans cela*, vous écriez-vous, dans un enthousiasme Poëtique, qui ne vous quitte pas même dans la prose :

Eh, quel rôle insipide auroit joué Jocaste !

Vous concluez donc qu'il faut qu'une femme parle d'amour, ou qu'elle soit insipide. J'ignore si les Dames de Paris sont d'accord sur cela avec vous, mais les nôtres en sont un peu offensées : j'avoue, Monsieur, que je ne comprens pas pourquoi une Princesse doit necessairement parler d'amour sur le Théatre, ou y jouer un rôle insipide. Je ne vous citerai point les Anciens, ce sont gens chez vous trop méprisables ; mais les Modernes ; les Modernes pour vous, c'est tout dire ; Cleopatre, dans Rhodogune ; Cornelie, dans Pompée ; Agrippine, dans Britannicus ; Esther, Athalie ; viennent-elles débiter sur la Scene le jargon amoureux ? y jouent-elles des rôles insipides ?

Le caractere d'Oedipe a paru, au jugement de ces Messieurs, presque aussi défectueux que celui de Jocaste ; c'est disent-ils, un homme que l'on ne sauroit définir, & qui n'est jamais d'accord avec lui-même : l'Auteur a-t-il voulu former un nouveau modele de Heros, tout opposé à celui que Despreaux établit dans son art Poëtique ?

Despreaux, Art Poëtique.

Conservez à chacun son propre caractere,
. . . .
Qu'en tout avec soi-même il se montre d'accord,
Et qu'il soit jusqu'au bout tel qu'on l'a vû d'abord.

Peut-être l'Auteur a-t-il crû qu'en observant cet accord, son Oedipe auroit aussi joué un rôle insipide, & pour réveiller le spectateur, il a imaginé ce nouveau genre de varieté : il y a merveillement réussi ; car tantôt on voit un Prince sage, moderé, touché des maux de son peuple ; un moment après c'est un homme foible, qui sur un bruit populaire très ridiculement fondé, soupçonne encore plus ridiculement l'heroïque Philoctete du meurtre de Laïus. A toutes les bravades insolentes de ce même Philoctete, il est doux comme un agneau. Les Dieux lui parlent-ils par la voix de leur interprete, il devient tout à coup emporté, furieux, impie : Ensuite il veut braver, comme une autre Capanée, les rigueurs de son destin.

Poursuis, destin, poursuis, tu ne pourras m'abbattre.

Enfin quand il est prêt à *enfoncer dans ses yeux.*

Cette épée,
Qui du sang de son pere avoit été trempée.

C'est un Blasphemateur qui s'écrie:

Impitoyables Dieux, mes crimes sont les vôtres.
Et vous m'en punissez.

Voilà, Monsieur, autant que je puis m'en souvenir, quelles ont été leurs critiques sur vos trois principaux Personnages. Ils vous passent le mépris & les injures, dont on accable ce malheureux Grand Prêtre, qui ne vient sur le Théatre, que pour y être traité en vrai Docteur de la Comedie Italienne. Vous l'avez, disent-ils, rendu assez méprisable par le caractere que vous lui donnez, bien different de celui de Tiresias dans Sophocle. Du reste, ils trouvent qu'en general la Religion est traitée fort cavalierement dans toute la Piece. Un de nos Messieurs dit sur cela, qu'il ne falloit pas s'étonner que Thebes fût un lieu *rempli du celeste courroux*; que c'est avec une grande raison, que le Ciel *y faisoit éclater sa triste vengeance*; qu'il étoit de sa justice de faire *habiter la mort devorante* dans un *Empire* si digne de sa *colere inhumaine*; & qu'il avoit très bien fait d'ordonner que les *esprits contagieux en fussent les tyrans.*

Après le compte que je viens de vous rendre des principales critiques qui furent faites à la lecture de votre Tragedie, je crois pouvoir y ajoûter de ma part quelques observations particulieres. Vous me dites *que vous avez ôté autant de fautes qu'il en reste*, & *que chaque représentation de votre Oedipe étoit pour vous un examen severe*; il faut esperer qu'avec une docilité si louable dans un homme de votre âge, vous ne vous bornerez pas aux changemens que vous avez déja faits, & que le Public s'en appercevra à chaque édition, autant qu'il s'en est apperçû à chaque représentation. Peut-être par cet examen severe, & avec plus d'étude, parviendrez-vous peu à peu à posseder la Grammaire, & la pureté de la Langue Françoise: ne vous flatez pas, vous avez besoin d'un grand travail. Vous pechez si souvent contre l'une ou contre l'autre, qu'il faudroit un volume pour relever toutes vos fautes dans l'expression. Voici quelques-unes de celles qui m'ont le plus frappé. Je souhaite que vous en profitiez, par l'interest que je prens à votre réputation. Car ne pensez pas qu'un Poëte soit dispensé d'observer religieusement les regles qui regardent la Grammaire & la pureté de la Langue. Voyez de quelle maniere Despreaux en parle.

Sur

Sur tout qu'en vos écrits la langue reverée,
Dans vos plus grands excès, vous soit toujours sacrée.
En vain vous me frappez d'un son melodieux,
Si le terme est impropre, ou le tour vicieux,
Mon esprit n'admet point un pompeux barbarisme,
Ni d'un vers empoulé l'orgueilleux solécisme.
Sans la langue, en un mot, l'Auteur le plus divin
Est toujours, quoiqu'il fasse, un méchant Ecrivain.

Comment pourriez-vous accorder un precepte si indispensable avec quelques-uns de vos vers que je vais vous rapporter :

Et *dis-moi*, si des Dieux la colere inhumaine
A du moins respecté les jours de *votre* Reine ?

Dis-moi & *Votre* Reine, c'est un solécisme en Vers comme en Prose.

Un monstre furieux vint ravager *ces bords*.

La Ville de Thebes étoit éloignée de la Mer. Diriez-vous qu'un monstre furieux est venu ravager les *bords* de Paris ?

Mais la sterilité sur ce funeste *bord*.

On dit le *bord* d'une riviere, d'un fossé, mais on ne dit point le *bord* d'une Ville, ni le *bord* d'un Royaume.

> Et dont mon *cœur* jaloux trembloit d'être *averti.*

Un *cœur averti* ; Quelle expreſſion !

> Son Sceptre & ſon Epouſe ont *paſſé dans mes bras.*

Un Sceptre paſſe-t-il dans des bras ?

> Du revers inoui qui vous *preſſe* à mes yeux.

Un revers accablé ; mais a-t'on jamais dit qu'un revers preſſe ?

> Vous fremiſſez, Seigneur, & *vos levres pâliſſent.*
> Sur votre front *tremblant* vos cheveux ſe heriſſent.

Je crois que c'eſt le premier front *tremblant* qui ait été vû.

> *Montant un Char* pompeux.....

On dit monter un cheval ; mais on n'a jamais dit, *monter un char*, *monter un carroſſe.*

> Je traînois avec moi le trait qui me déchire.

On ne traîne pas un trait, mais on le porte. Racine a dit :

> Portant par tout le trait dont je ſuis déchiré.

Vous auriez mieux fait de prendre ſon vers tel qu'il eſt.

> Egine, *je voyois* dans une nuit obſcure,
> Près d'Oedipe & de moi, je *voyois* des enfers
> Les gouffres éternels à mes pieds entr'ouverts.

La repetition de ces *je voyois* est sans grace; d'ailleurs, quel galimatias!

Entouré de forfaits à vous seul reservez.

A-t'on jamais dit, *un homme entouré de forfaits?*

Reconnoissez ce monstre, & *lui faites justice.*

Faire justice à un monstre; Comment n'avez-vous point senti vous-même tout le ridicule de cette expression?

Peuples, un *calme* heureux *écarte* les tempêtes.

Le calme n'écarte point la tempête; mais il succede à la tempête, quand elle est écartée.

Vint, vit ce monstre affreux, *l'entendit*, & fut Roy.

Il *entendit* un monstre, au lieu de dire qu'il comprit le sens de l'énigme d'un monstre; ce mot est impropre, & n'exprime pas vôtre pensée.

Je n'aurois jamais fait, si je voulois continuer. A l'égard de vos rimes, vous convenez vous-même qu'il y en a plusieurs qui ne sont pas excusables. Il paroît que la rime vous coûte beaucoup, & que *vous ne pou-pouvez souffrir qu'on sacrifie à la richesse de cette rime toutes les autres beautez de la Poësie: c'est pour cela, dites-vous, que vous avez tâché de regagner un peu de liberté*, *& que vous préfererez toujours les choses aux mots*, *& la pensée à la rime.* Il est vrai, & Despreaux en convient :

La Rime est un esclave, & ne doit qu'obéir.
Mais, quand à la chercher d'abord on s'évertue,
L'Esprit à la trouver aisément s'habitue.
Au joug de la raison sans peine elle fléchit,
Et loin de la gêner, la sert & l'enrichit.
Mais lorsqu'on la neglige, elle devient rebelle,
Et pour la ratraper le sens court après elle.

Croyez-moi, Monsieur, vous ferez mieux de suivre son avis, que de *tâcher de regagner ce peu de liberté.* Votre exemple, dites-vous, ne tire point à consequence. Je doute en effet qu'il soit suivi. Mais votre negligence sur la rime sera toujours un obstacle à la perfection, où je crois que vous aspirez. Vous devez d'autant plus travailler pour y arriver, qu'au milieu de vos défauts, on découvre en vous un assez beau genie. Quelques endroits de votre Piece sont superieurs à ce qu'on a vû depuis quelque temps, quoiqu'encore bien éloignez de la perfection. C'est ce qui vous a attiré d'abord les applaudissemens du Public fatigué de ne plus rien voir qui ne fût fort au dessous du mediocre. Mais défiez-vous de ces premiers applaudissemens. Quel succès n'ont point eû à leur naissance tant de Tragedies qui aujourd'hui gardent tristement les Boutiques des Libraires, avec une infinité de Compagnes infortunées, dont les noms sont même oubliez. J'espere que la vôtre, tout imparfaite qu'elle est, aura un sort un peu plus heureux. Du moins, M*** nous en assure-t-il en nous promettant en vous un très digne successeur de Corneille & de Racine. Il devoit ajoûter que vous avez déja, ainsi que la Fontaine, acquis l'heureuse liberté de secouer le joug de la rime. Qu'à l'exemple de Corneille, vous prenez la noble hardiesse de mépriser les regles de la Grammaire, & de ne vous point asservir aux loix de la Langue. Et qu'enfin vous avez le bonheur de vous rencontrer souvent avec Racine dans les pensées, dans le tour des Vers & dans les expressions. Mais quelque flatteurs que vous paroissent ces éloges, écoutez plûtôt la raison, le vrai & le bon goût. Apprenez à les connoître & à les sentir dans ceux de nos Auteurs, dont les Ouvrages sont déja marquez au coin de l'immortalité. Croyez ce qu'ils vous disent, pensez comme ils pensent, parlez comme ils parlent. Peut-être enfin réussirez-vous, comme ils ont réussi. A la verité, vous feriez encore mieux de remonter, comme ils ont fait, jusqu'à la source, & de conſulter les Anciens. Si vous êtiez homme à faire connoiſſance, & à vous reconcilier avec eux, vous les trouveriez tout autres que vous ne penſez. Vous y profiteriez infiniment; le Public y profiteroit auſſi; & les éloges qu'il donneroit dans la ſuite à vos Ouvrages, ne ſeroient point de ces éloges paſſagers, tels qu'il en a donné à J.... à R.... &c. Mais tels qu'il en donne encore tous les jours à Cinna, à Phedre, à Andromaque, &c.

Cependant ſi la repugnance que vous avez pour les Anciens eſt auſſi *invincible* que l'étoient les flêches de votre Philoctete, daignez au moins en parler avec plus de modeſtie, & ne les traitez pas d'extravagants. C'eſt l'avis que Racine donne à ceux qui, comme vous décident ſi légerement ſur les Ouvrages de l'Antiquité. » Ils doivent, » dit-il, ſe ſouvenir de ces ſages paroles de » Quintilien. Il faut être extrémement cir- » conſpect, & très retenu à prononcer ſur » les ouvrages de ces grands Hommes; de » peur qu'il ne nous arrive, comme à plu- » ſieurs, de condamner ce que nous n'enten- » dons pas. Et s'il faut tomber dans quelque » excès, encore vaut-il mieux pecher en » admirant tout dans leurs écrits, qu'en y » blâmant beaucoup de choſes.

Racine, Preface de l'Iphigenie.

Il ſeroit à ſouhaiter, Monſieur, que vous fuſſiez tombé dans cet excés. Rempli de la lećture des Anciens autant que vous paroiſſez l'être de la lecture des Modernes, vous auriez pû, à l'exemple de Racine, vous approprier tout ce qu'ils ont de plus beau, ſans crainte de paſſer pour plagiaire Je crois qu'au fond on auroit tort de vous en accuſer ; car il ne paroît que trop que vous cherchez à vous faire un ſtile, un tour & des expreſſions qui n'appartiennent qu'à vous. Cependant, malgré votre attention, vous vous êtes trouvé, ſans y penſer, très conforme dans beaucoup de Vers à nos meilleurs Poëtes. Je me ſuis donné le plaiſir d'en raſſembler ici quelques-uns, cette heureuſe conformité vous fera ſans doute un nouvel honneur dans le Public ; & je ſerai ravi d'avoir pû y contribuer en quelque choſe, étant plus que perſonne, &c.

Acte I. Est-ce vous, Philoctete, en croyrai-je mes yeux?

Vous dans Thebe, Seigneur! eh, qu'y venez-vous faire?

Nul Mortel n'ose ici mettre un pied téméraire.

Du reste des vivans semble être separée.

Va, laisse-moi le soin de mes destins affreux.

Chaque instant lui dérobe un serviteur fidéle.

Il ne vit plus! quel mot a frapé mon oreille?
Quel espoir séduisant dans mon cœur se réveille?

Helas! de cet amour accru dans le silence.

Le temps qui détruit tout, augmentoit mon amour.

Jusqu'aux climats glacez où la Nature expire.

Je traînois avec moi le trait qui me déchire.

J'ai bien acquis le droit d'avoir une foiblesse.

Et cent Tyrans punis, cent Monstres terrassez,
Suffisent à ma gloire, & m'excusent assez.

Et les cris des Thebains sont montez vers son trône.

Du Ciel sur nos Autels la flamme descendue.

De mes jours malheureux a ranimé le reste.

Corneille, Horaces.	*Est-ce toi, Curiace, en croirai-je mes yeux ?*
Racine, Iphig.	*Vous en Aulide, vous ! eh, qu'y venez-vous faire ?*
Id. Phedre.	*Ne te voye en ces lieux mettre un pied temeraire.*
Id. Esther.	*Du reste des humains je vivois séparée,*
Id. Phed.	*Va, laisse-moi le soin de mon sort déplorable.*
Cor. Oedip.	*Chaque instant que je vis vous dérobe un sujet.*
Racine, Phedre.	*Il sort : quelle nouvelle a frappé mon oreille ?* *Quel feu mal étouffé dans mon cœur se réveille ?*
Id. Mithr.	*Cet amour s'est long-temps accru dans le silence.*
La Fontaine, Fables.	*Le temps qui détruit tout respectant mon ouvrage,*
Racine, Alex.	*Des deserts que le Ciel refuse d'éclairer,* *Où la Nature semble elle-même expirer.*
Id. Phedre.	*Portant par tout le trait dont je suis déchiré,*
Ibid.	*Ne m'ont acquis le droit de faillir comme lui,*
Id. Mithrid.	*Tant de Romains sans vie, en cent lieux dispersez,* *Suffisent à ma cendre & l'honnorent assez.*
Id. Esther.	*Et le cri de son peuple est monté jusqu'à lui.*
Id. Athalie.	*Et la flamme du Ciel sur l'Autel descendue,*
Id. Phedre.	*De mes foibles esprits peut animer le reste.*

Voyoit fuyr devant lui la triste verité.

e II. Ramena sur nos bords sa fortune flottante.

Et quand le Ciel lui parle, il n'écoute plus rien.

Mais les temps sont changez. Thebe en ce jour funeste
D'un respect dangereux a dépouillé le reste.

Et la vertu sévere, en de si durs combats,
Résiste aux passions, & ne les détruit pas.

Mon front chargé d'ennuis fut ceint du Diadême.

De mes sens enchantez, enfant impetueux.

Votre douleur est juste autant que vertueuse,

Je ne viens point ici par de jalouses larmes.

Ni de lâches soupirs indignes de tous deux.

De pareils sentimens n'appartenoient qu'à nous.

Et que de votre Epoux .... vous ne le croyez pas.

Vous avez eu ma foi;
Et vous ne pouvez point être indigne de moi.

Hydaspe, c'est donc là le Prince Philoctete.

La splendeur de ces noms où votre nom s'allie.

Mourir pour son pays est le devoir d'un Roi.

Id. Athalie. *Derobant à leurs yeux la triste verité.*

Id. Bajazet. *Et laisser d'un Visir la fortune flottante.*

Racine Alex. *Et quand la gloire parle il n'écoute plus rien.*

Id. Athalie. *Que les temps sont changez ......*
..... ses vangeances funestes,
Et d'un respect forcé ne dépoüille les restes.

Madame de la Suze. *Fiere & foible raison, qui par de vains combats,*
Choques les passions & ne les détruits pas.

Rac. Phedre. *N'éclaircirez-vous point ce front chargé d'ennuis?*

Corn. Cinna. *Enfant impétueux de mon ressentiment.*

Rac. Alex. *Votre douleur est libre autant que légitime.*

Id. Androm. *Je ne viens point ici par de jalouses larmes.*

Corn. Polieu. *Ne pousse quelque suite indigne de tous deux.*

Id. Hor. *Une telle vertu n'appartenoit qu'à vous.*

Id. Nicom. *M'en purger! moi, Seigneur? vous ne le croyez pas.*

Id. Ibid. *Et puisqu'il a ma foi,*
Vous devez présumer qu'il est digne de moi.

Id. Ibid. *Madame, c'est donc là le Prince Nicomede.*

Rac. Iphig. *Le deshonneur d'un nom à qui le mien s'allie.*

Corn. Hor. *Mourir pour son païs est un si digne sort.*

Sur la foi de mon nom
J'avois osé me croire au-dessus du soupçon.

D'infames assassins a délivré la terre.

Vangé d'un affront,
Dont vos soupçons honteux ont fait rougir mon front.

Dans le cœur des humains les Rois ne peuvent lire.

fle III. Des Courtisans sur nous les inquiets regards,
Avec avidité fondent de toutes parts.

Fuyez, & loin de moi précipitant vos pas.

Je suis assez content, & mon sort est trop beau.

& même contre lui,
Je vous viens, s'il le faut presenter mon appui.

Et bien que venez-vous annoncer de sinistre?
D'une haine éternelle êtes-vous le Ministre?

Dites-un mot, il meurt, & vous nous sauvez tous.

Quand vous serez instruit du malheur qui m'accable,
Vous fremirez d'horreur au seul nom du coupable.

Le Dieu qui par ma voix vous parle en ce moment,

Que ces retardemens allument mon courroux?

Corn. Comte d'Essex. *Un homme tel que moi, sur l'appuy de son nom,*
Devroit, comme du crime, être exempt du soupçon.

Racine Phed. *D'infames assassins a purgé ton rivage.*

Corn. Cid. *Après un tel affront,*
Le premier dont ma race a vû rougir son front.

Rac. Phed. *Dans le fonds de mon cœur vous ne pouviez pas lire.*

Rac. Berenice. *Tous ces yeux qu'on voyoit venir de toutes parts,*
Confondre sur lui seul leurs avides regards.

Id. Phedre. *Fui, dis-je, & sans retour précipitant tes pas.*

Id. Androm. *Et bien, je meurs content, & mon sort est rempli.*

Id. Iphig. *Ou plutôt contre lui,*
Seigneur, je viens pour elle implorer votre appui.

Id. Athalie. *Et bien que vous fait-elle annoncer de sinistre?*
Quel sera l'ordre affreux qu'apporte un tel Ministre?

Id. Bajazet. *Seigneur, dites un mot, & vous nous sauvez tous.*

Id. Phedre. *Quand tu sçauras mon crime, & le sort qui m'accable,*
. . . .
Tu fremiras d'horreur si je romps le silence.

Id. Iphig. *Le Dieu qui maintenant vous parle par ma voix.*

Id. Phedre. *Ah, que ton impudence excite mon courroux?*

Vous le voulez... Et bien.... c'eſt.... acheve qui... vous
Moi ..... vous, malheureux Prince.

Ma vie eſt en vos mains, vous en êtes le Maître.

Aujourd'hui votre Arreſt vous ſera prononcé ;
Tremblez, malheureux Roy, votre regne eſt paſſé.

Vous me traitez toujours de traître & d'impoſteur.

Craignez un ennemi d'autant plus redoutable,
Qu'il vous perce à nos yeux par un trait reſpectable.
. . . .
Qui nous aſſerviſſant ſous un pouvoir ſacré.

Puiſſent les Dieux ſatisfaits à ce prix.
Contents de mon trépas.

Ste IV. Cet organe des Dieux eſt-il donc infaillible ?

Dégoutant dans mes bras du meurtre de ſon pere.

Il n'eſt pas temps encore de répandre des larmes,
Vous apprendrez bientôt d'autres ſujets d'allarmes.

Me dit que je ſerois l'aſſaſſin de mon pere.
Ah Dieux ! . . . .
Que je ſerois le mari de ma mere.

Il fallut diſputer dans cet étroit paſſage.
Arrête des Courſiers la fougue impétueuſe.

Moliere, Femmes sçavantes. { *Vous le voulez sçavoir.... ouy.... quoi.... moi....*
Vous .... moi-même.

Rac. Iphig. *Ma vie est en vos mains, vous pouvez la reprendre.*

Id. Esther. *Bien-tôt son juste Arrêt te sera prononcé,*
Tremble, son jour approche, & ton regne est passé.

Id. Phedre. *Vous me parlez toujours d'inceste & d'adultere.*

Moliere, Tartuffe. { *D'autant plus dangereux dans leur âpre colere,*
Qu'ils prénnent contre nous des armes qu'on revere ;
Et que leur passion dont on leur sait bon gré,
Veut nous assassiner avec un fer sacré.

Corn. Polyeucte. *Puissent les justes Dieux, contens de mon trépas.*

Id. Oedipe. *Cet organe des Dieux peut se laisser gagner.*

Id. Cinna. *Le fils tout dégoutant du meutre de son pere.*

Rac. Androm. *Ah, Madame, les Grecs, si j'en crois leurs allarmes,*
Vous donneront bien-tôt d'autres sujets de larmes !

Corn. Oedip. *Ce sont eux qui m'ont fait l'assassin de mon pere,*
Ce sont eux qui m'ont fait le mari de ma mere.

Corn. Oedip. *Dans ce passage étroit qu'il falloit disputer.*
Arrête ses coursiers ....

Rac. Phedre. *Leur fougue impetueuse enfin se rallentit.*

Tout Vainqueur que j'étois... vous fremissez, Madame.

Oui, c'est toi, vainement je cherche à m'abuser.

Vous commîtes le crime, & j'en fus soupçonné.
J'ai vécu dans les fers, & vous avez regné.

Helas, où traînerai-je une mourante vie?

C'en est fait j'ai regné. . . . .

le V. Malgré vous dans son sang mes mains n'ont point trempé.

Ainsi de mon erreur esclave volontaire.

Je ne suis point son fils! & qui suis-je, grand Dieux?

Plus je le vois, & plus .... ah, Seigneur, c'est vous-même.

Seigneur, épargnez-moi cet horrible entretien.

Miserable vertu, nom sterile & funeste.

Puni-moi, vange-toi d'un monstre détesté.!

Dissipez mon effroi,
Vos rédoutables cris ont été jusqu'à moi.

On

Id. Androm.	*On n'attend plus que vous.... vous fremissez, Madame,*
Id. Athalie.	*Oüi, c'est Joas, en vain je cherche à me tromper.*
Id. Thebaïde.	*Quel droit & quel devoir n'a t-il point violé?* *Et cependant il regne, & je suis exilé.*
Corn. Cid.	*Helas! je vais traîner une mourante vie.*
Racine Mithrid.	*C'en est fait, Madame, & j'ai vécu.*
Id. Phedre.	*Non, Madame, en son sang mes mains n'ont point trempé.*
Despreaux.	*D'une lâche indolence esclave volontaire.*
Corn. Oedip.	*Je ne suis point son fils, & qui suis-je, Iphicrate?*
l'Abbé Genest, Penelope.	*Plus je regarde, plus.... ah, Seigneur, c'est vous-même!*
Rac. Androm.	*Et de vous épargner un si triste entretien.*
Recueil d'Epigrammes.	*Miserable vertu, tu n'es qu'un nom frivole,* *Je te croyois un bien, tu ne l'es qu'en parole.*
Rac. Phedre.	*Vange-toi, punis-moi, d'un odieux amour,* *Délivre l'univers d'un monstre qui t'irrite.*
Id. Phedre.	*Seigneur je viens à vous pleine d'un juste effroi,* *Votre cri redoutable a passé jusqu'à moi,*

C'en est fait, & les Dieux sont contens.

Dans ses yeux enfoncer cette épée,
Qui du sang de son pere avoit été trempée.

J'ai vécu vertueuse, & je meurs sans remords,

J'ai fait rougir les Dieux qui m'ont forcée au crime.

Id. Iphig. *Non, Madame, elle vit, & les Dieux ſont contents.*

Corn. Cid. *Ne me réponds qu'avecque cette épée*
Quoi du ſang de mon pere encore toute trempée?

La Fontaine. *J'aurai vécu ſans crainte & mourrai ſans remords.*

Rac. Iphig. *Faites rougir ces Dieux qui vous ont condamnée.*

APPROBATION.

J'Ay lû par ordre de Monſieur le Lieutenant General de Police, une Lettre à M. de Voltaire ſur ſa nouvelle Tragedie d'Oedipe, dont on peut permettre l'impreſſion. A Paris ce dix-neuf Mars 1719.

Signé, PASSART.

Vû l'Approbation du ſieur Paſſart : Permis d'imprimer. Fait ce 21 Mars 1719.

Signé, DE MACHAULT.

De l'Imprimerie de J. QUILLAU, rue Galande.

www.ingramcontent.com/pod-product-compliance
Ingram Content Group UK Ltd.
Pitfield, Milton Keynes, MK11 3LW, UK
UKHW021117290826
14628UKWH00014B/2626

9 782019 134945